blueprints Anekdotenbuch

AF187241

~~~

„Für eine Anekdote braucht man drei Dinge: eine Pointe, einen Erzähler und Menschlichkeit."

*Mark Twain, * 1835, † 1910, amerikanischer Schriftsteller*

~~~

Das blueprints Anekdotenbuch

Herausgegeben und zusammengestellt von
Michael Behn

blueprints Anekdotenbuch

*Humoriges und Nachdenkenswertes
der Jahrhunderte*

Michael Behn und Susanne Behn
blueprints Anekdotenbuch
Dezember 2019, 2. Auflage
Herrenberg
ISBN: 9783750424326
Copyright 2019 Michael und Susanne Behn

Vielen Dank an Inge Blesinger für das Lektorieren des Buches und Anton Korduan für die Gestaltung des Covers.

Kontakt:
Michael Behn
Am Joachimsberg 46, 71083 Herrenberg
E-Mail: behn@behn-friends.de

Bibliografische Information der Deutschen Nationalbibliothek: Die Deutsche Nationalbibliothek verzeichnet diese Publikation in der Deutschen Nationalbibliografie; detaillierte bibliografische Daten sind im Internet über http://dnb.dnb.de abrufbar.

Herstellung und Verlag: BoD – Books on Demand, Norderstedt
ISBN: 9783750424326

Inhalt

Einleitung

Große Geister, ob weiblich oder männlich, hatten und haben häufig eine scharfe Zunge, den Schalk im Nacken oder die Gabe, mit einem Satz zu inspirieren, zu motivieren und zu trösten.

Die Leserinnen und Leser der blueprints-Guten-Morgen-Gazette haben genau wie wir Freude an solchen Anekdoten und Zitaten.

Bereits Goethe merkte an: Eine Sammlung von Anekdoten und Maximen ist für den Weltmann der größte Schatz. Wer die ersten an schicklichen Orten ins Gespräch einstreut, der letzten im treffenden Falle sich zu erinnern weiß, ist gut dran.

Eine Auswahl haben wir für Sie zusammengestellt und mit Bildern ergänzt. Wir hoffen, Sie haben Freude an diesem Büchlein und erhalten das, was Sie brauchen. Sei es nun ein Quäntchen Humor, Inspiration, Motivation oder Trost.

Michael Behn
blueprints Team

1 Mark Twain und die hochnäsige Dame

Der amerikanische Schriftsteller Mark Twain wurde eines Tages zu einer Gesellschaft beim Gouverneur geladen. Er hatte die große Ehre, die Gattin des Gastgebers zu Tisch zu führen.

Höflich wie er war, sagte Herr Twain: „Wie fantastisch Sie wieder aussehen, Madame!"

Die hochnäsige Dame entgegnete: „Schade, dass ich nicht dasselbe von Ihnen behaupten kann, Herr Twain."

Worauf Mark Twain entgegnete: „Machen Sie es doch wie ich, werte Dame, lügen Sie einfach."

~ ~ ~

„Leben ist nicht genug!" sprach
der Schmetterling. „Sonnenschein,
Freiheit und ein kleines Blümchen
muss man haben!"

Hans Christian Andersen, * 1805 Chr., † 1875,
dänischer Dichter und Schriftsteller

~ ~ ~

2 Der zerstreute Mathematiker

Norbert Wiener war ein US-amerikanischer Mathematiker und gilt als Begründer der Kybernetik.

Eines Tages wurde Herr Wiener auf dem Gelände der Universität von einem Studenten angesprochen. Dieser hatte eine mathematische Frage. Norbert Wiener diskutierte das Problem mit dem Studenten.

Als sie fertig waren, fragte Wiener nachdenklich: „Bin ich aus dieser Richtung oder aus der entgegengesetzten Richtung gekommen, als Sie mich ansprachen?"

Der Student zeigte ihm die Richtung, aus der er gekommen war.

„Aha", sagte Wiener, „dann habe ich noch nicht gegessen", und setzte seinen Weg in Richtung der Mensa fort.

~ ~ ~

„Manche Menschen haben einen Gesichtskreis vom Radius Null und nennen ihn ihren Standpunkt. "

David Hilbert, * 1882, † 1943,
der Deutsche gilt als einer der bedeutendsten
Mathematiker der Neuzeit

~ ~ ~

3 Die Sprechmaschine

Zu den zahllosen Erfindungen von Thomas Alva Edison gehörte auch der Phonograph, der Vorläufer des Grammophons.

Als Edison eines Tages in Paris seine Erfindung einem Kreis Gelehrter vorführte, wurde er als Bauchredner und Schwindler ausgepfiffen. Unter den zahllosen Erfindungen Edisons wäre diese wohl schon längst vergessen worden, wenn man sich nicht noch heute schmunzelnd jener Pariser „Gelehrten" erinnerte. So ging es auch einem Reporter, der Edison interviewte.

„Sie waren es doch, Mr. Edison, der die erste Sprechmaschine gebaut hat", sagte der Journalist.

Der greise Erfinder schüttelte den Kopf und sagte: „Nein, junger Mann, die erste Sprechmaschine ist lange vor meiner Zeit angefertigt worden. Gott baute sie, hm! ... aus einer Rippe Adams. Er vergaß nur, eine Abstellvorrichtung anzubringen."

~~~

„Ein Reporter fragte G. K. Chesterton, wofür er sich entscheiden würde, wenn er auf einer einsamen Insel stranden würde und nur ein einziges Buch dabei haben dürfte. Er dachte kurz nach und antwortete dann: „Selbstverständlich für ein Handbuch 'Wie baue ich ein Schiff'."

Gilbert Keith Chesterton, * 1874, † 1936, englischer Kriminalautor, Erzähler und Essayist

~~~

4 Heuss in London

Der erste Staatsbesuch in London war für den Bundespräsidenten Theodor Heuss ein großer Erfolg, wenn auch der Empfang durch die britische Bevölkerung eher unterkühlt war.

Nach der gemeinsamen Fahrt durch London resümierte die Begleitung des Bundespräsidenten, dass die Zuschauer ihm begeistert zugejubelt haben.

Theodor Heuss aber antwortete: „Unsinn, achtzig Prozent haben der Königin zugejubelt, zehn Prozent den Pferden und zehn Prozent mir – und das waren deutsche Touristen!"

~~~

„Schach ist ein See, in dem eine Mücke baden und ein Elefant ertrinken kann. "

Indisches Sprichwort

~~~

5 Aljechin und der Turm

Alexander Alexandrowitsch Aljechin war ein russisch-französischer Schachspieler. Er wurde 1927 durch seinen Sieg über den Cubaner Capablanca Schachweltmeister.

Als leidenschaftlicher Spaziergänger machte Aljechin eines Tages Rast in einem Pariser Café. Zu dem Zeitpunkt war er zwar bereits Weltmeister, aber erst seit kurzem in Paris und nur wenigen Menschen bekannt.

Kaum hatte er Platz genommen, trat ein älterer Herr an seinen Tisch und fragte, ob sie eine Partie Schach spielen sollten. Aljechins große Leidenschaft war das Schachspiel und so konnte der Weltmeister nicht ablehnen.

Der ältere Herr holte ein Schachbrett und baute die Figuren auf. Sie wählten, wer die Partie begann, doch noch vor dem ersten Zug nahm Aljechin einen seiner Türme und stellte ihn neben das Brett.

„Nanu?", fragte der Herr. „Was machen Sie denn da?"
„Ich gebe Ihnen einen Turm vor", sagte der Weltmeister.
„Aber, ich bitte Sie", entrüstete sich der alte Herr.
„Sie können mir doch keinen Turm vorgeben. Sie wissen doch gar nicht, wie stark ich spiele."

Aljechin ließ dagegen seinen Turm stehen, wo er stand und meinte nur: „Wenn ich Ihnen keinen Turm vorgeben könnte, würde ich Sie kennen."

~~~

„Man kann viele Beispiele für un-
sinnige Ausgaben nennen, aber
keines ist treffender als die Er-
richtung einer Friedhofsmauer.
Die drinnen sind, können sowieso
nicht heraus, und die, die drau-
ßen sind, wollen nicht hinein."

*Mark Twain, * 1835, † 1910,*
amerikanischer Schriftsteller

~~~

6 Rockefellers Sohn

John Davison Rockefeller Senior war ein US-amerikanischer Unternehmer und gilt als einer der reichsten Menschen der Neuzeit. Er war Mitbegründer einer Erdölraffinerie, aus der 1870 die Standard Oil Company hervorging.

Rockefeller galt als ein außerordentlich sparsamer Mensch. Von ihm wird folgende Geschichte erzählt:

Eines Tages verlangte Rockefeller im New Yorker Hotel Waldorf-Astoria ein kleines, bescheidenes Zimmer.

„Aber Mr. Rockefeller", sagte der Geschäftsführer erschrocken. „Wenn Ihr Sohn kommt, bezieht er immer eine ganze Flucht in der teuersten Etage."

„Ja, ja", meinte der Milliardär. „Mein Sohn hat auch einen reichen Vater, ich aber nicht".

~~~

„Der Luxus hingegen treibt den Menschen nicht zu einer einzigen Tugend an, sondern stumpft alle besseren Gefühle in ihm ab.“

Friedrich II., * 1712, † 1786, ehemaliger König von Preußen

~~~

7 Friedrich II. und Moses Mendelssohn

Zu Gesellschaften bei Friedrich II. war häufig der berühmte Philosoph Moses Mendelssohn eingeladen.

Der Alte Fritz brachte Mendelssohn gern in Verlegenheit, um zu sehen, wie dieser sich aus der Klemme befreite.

So auch eines Tages, als der König auf eine Serviette schrieb: „Mendelssohn ist der erste Esel unseres Jahrhunderts."

Die Serviette wurde bei Tisch weiter gereicht und erreichte schließlich den Philosophen Mendelssohn. Dieser verneigte sich artig vor dem König und erklärte: „Ich werde gern diese königlichen Worte in meiner Bibliothek aufbewahren, nur hätte ich eine Bitte. Seien Eure Majestät so nett und signieren Sie das Dokument."

Der König konnte diesen Wunsch nicht abschlagen und unterschrieb.

Dann reichte er dem Philosophen die Serviette, worauf Mendelssohn aufstand und vorlas, was dort geschrieben stand: „Moses Mendelssohn ist der erste Esel des Jahrhunderts. Friedrich der zweite."

*Friedrich II. war König von Preußen und bekannt als Friedrich der Große bzw. der Alte Fritz, * 1712, † 1786*

~~~

„Halte Dir jeden Tag dreißig
Minuten für Deine Sorgen frei
und mache in dieser Zeit
ein Nickerchen.“

Abraham Lincoln, *1809, † 1865,
16. Präsident der Vereinigten Staaten
von Amerika

~~~

8 Adenauers Schlagfertigkeit

Konrad Hermann Joseph Adenauer war von 1949 bis 1963 der erste Bundeskanzler der Bundesrepublik Deutschland. Er war sehr schlagfertig und eine Prise Humor mengte er gerne seiner Kommunikation bei.

So auch eines Tages im Bundestag, als ein Politiker aus der Opposition sagte, dass Adenauer noch am Vortag etwas ganz anderes behauptet habe.

Darauf erwiderte Adenauer: „Auch Sie können nicht verhindern, dass ich über Nacht klüger werde."

~ ~ ~

„Die Ursache eines langsamen
Todes ist Gesundheit.“

Arthur Cravan, * 1887, † 1920,
englischer Boxer, Anarchist, Deserteur,
Abenteurer und Herausgeber

~ ~ ~

9 Henny Porten und der Geiger

In den Zeiten des Stummfilms war die Magdeburgerin Henny Porten ein Star des deutschen Films. Man könnte auch sagen, sie war der erste deutsche Filmstar.

Eines Tages spielte Frau Porten in einer Tragödie mit. Sie verkörperte ein Mädchen, das sich aus schrecklichem Liebeskummer das Leben nahm.

Während sie auf einer Seebrücke langsam am Geländer der tobenden See entgegen ging, wurde die Szene mit einer herzzerreißenden Melodie mit Klavier und Geige untermalt.

Der Geiger spielte allerdings so schrecklich, dass den Zuschauern die Ohren schmerzten.

Genau in dem Moment, als sich Henny Porten vom Steg in die Wellen in der Tod stürzen wollte, rief jemand aus dem Publikum: „Henny, nimm den Geiger mit!"

~ ~ ~

*„Manche Hähne glauben, dass
die Sonne ihretwegen aufgeht.“*

*Theodor Fontane, * 1819, † 1898,
deutscher Schriftsteller, Journalist und Erzähler*

~ ~ ~

10 Hemingways Rache

Ernest Hemingway ärgerte sich über einen Schriftsteller, der ihn skrupellos kopierte.

Eines Tages berichtete er einem Freund, was er schließlich tat, um das zu strafen.

Hemingway sagte: „Dem Schuft habe ich das Handwerk gelegt. Ich habe einfach zwei Jahre nichts mehr geschrieben. Da war er pleite."

„*Der Humor nimmt die Welt hin,
wie sie ist, sucht sie nicht zu
verbessern und zu belehren,
sondern mit Weisheit
zu ertragen.*"

*Charles Dickens, * 1812, † 1870,
englischer Schriftsteller*

11 Twain und der Bischof

Der amerikanische Schriftsteller Mark Twain war eng befreundet mit einem Bischof. Twain besuchte häufig dessen Predigten und blieb dann zum Essen bei ihm. Eines Sonntags war der Bischof besonders stolz auf seine Predigt.

Da bemerkte Mark Twain: „Tatsächlich, was Sie den Leuten heute gesagt haben, war ausgezeichnet. Aber wissen Sie, ich habe zu Hause ein Buch, in dem jedes Wort Ihrer Predigt enthalten ist."

Der Bischof war verärgert und protestierte: „Ich habe es nun wirklich nicht nötig, meine Predigten abzuschreiben."

Verstimmt ließ Mark Twain den Bischof zurück. Am nächsten Tag sandte er ihm ein Buch und schrieb dazu: „Hier ist das betreffende Buch, damit Sie sehen, dass ich nicht gelogen habe." Es war ein Wörterbuch.

~~~

„Es gibt nur ein Problem,
das schwieriger ist als Freunde
zu gewinnen:
sie wieder loszuwerden."

*Mark Twain, * 1835, † 1910,*
amerikanischer Schriftsteller

~~~

12 Zu viel verlangt

Im Jahr 1927 gab der weltberühmte Geiger Yehudi Menuhin in Berlin ein Gastspiel. Zur gleichen Zeit gastierte der Zirkus Sarrasani in der Stadt. Zu den Attraktionen gehörte ein Seiltänzer, dessen Vorführungen am Turmseil ohne Netz die Zuschauer mit atemloser Spannung verfolgten.

Zuerst spazierte er auf dem Seil hin und her. Mit Stange. Dann ohne Stange.

Er ließ sich die Augen verbinden und lief auf dem Seil hin und her. Mit Stange. Dann ohne Stange.

Nun reichte man ihm ein Fahrrad hinauf, mit dem er das Seil abfuhr. Erst mit Stange. Dann ohne Stange.

Dann kam der Höhepunkt. Der Seiltänzer fuhr mit verbundenen Augen auf dem Rad und spielte dazu auf einer Geige das Ave Maria.

Da flüsterte ein Zuschauer seiner Frau zu: „Also, ein Menuhin ist er nicht."

~ ~ ~

*„Nichts in dieser Welt ist sicher,
außer dem Tod und den Steuern."*

*Benjamin Franklin, * 1706, † 1790,
US-amerikanischer Drucker, Verleger,
Schriftsteller, Naturwissenschaftler,
Erfinder und Staatsmann*

~ ~ ~

13 Schopenhauer im Botanischen Garten

Der deutsche Philosoph Arthur Schopenhauer war ein großer Denker und Grübler. Eines Tages, während seiner Zeit in Dresden, ging er im dortigen Botanischen Garten spazieren.

Dem Aufseher fiel auf, wie der Philosoph heftig gestikulierte und laut redete. Verwundert über dieses seltsame Verhalten fragte der Aufseher Schopenhauer, wer er sei.

Darauf sagte Schopenhauer: „Ja, wenn Sie mir das sagen könnten, wer ich bin, dann wäre ich Ihnen vielen Dank schuldig."

~~~

„Das glücklichste Wort
es wird verhöhnt,
Wenn der Hörer ein Schiefohr ist. "

Johann Wolfgang von Goethe,
* 1749, † 1832, deutscher Dichter

~~~

14 Reitergeneral Ziethen und der Löffel

Vom „Alten Fritz" wird erzählt, dass er häufig den Reitergeneral Ziethen ärgerte, wobei Friedrich der Große nicht immer gut dabei wegkam.

Ziethen war kein typischer Höfling, der vor allen Majestäten den Rücken krumm machte. Eines Tages, als General Ziethen zur Tafel beim König war, befahl dieser, man solle Ziethen keinen Löffel zur Suppe hinlegen. Als die Suppe aufgetragen wurde, sagte er zu Ziethen: „Nun lange zu, aber ein Hundsfott, wer heute nicht seine Suppe aufisst."

Ziethen kam dadurch jedoch keinesfalls in Verlegenheit. Er schnitt sich unauffällig einen Löffel aus einer Kante Brot und aß damit die Suppe. Als er fertig war, sah er sich lächelnd bei Tische um und sagte: „Mit der Suppe wären wir fertig, aber nun, meine Herren, ein Hundsfott, wer nicht seinen Löffel aufisst" – und damit aß er ruhig seinen Ersatzlöffel auf.

Der Begriff **Hundsfott** ist ein altes Schimpfwort, das heute vor allem zur Bezeichnung von Feigheit, Gemeinheit oder Niedertracht verwendet wird.

~ ~ ~

*„Der Vorteil der Klugheit
besteht darin, dass man sich
dumm stellen kann. Das Gegenteil
ist schon schwieriger."*

*Kurt Tucholsky, * 1890, † 1935,
deutscher Journalist und Schriftsteller*

~ ~ ~

15 Goethe in Sessenheim

Als ein Biograph erfuhr, dass Goethe als junger Mann im heutigen Sessenheim in Frankreich gewesen war und sich in ein Mädchen namens Friederike Brion verliebt hatte, reiste er in das Dorf.

Der Biograph fragte unter anderem eine alte Dame nach dem Mädchen. Die Dame konnte sich gut erinnern und begann zu erzählen.

Auf die Frage, was sie von Goethe wisse, sagte sie: „Ja, richtig, der Goethe. Ein Student, der mal hier war. Wir dachten alle, er und Riekchen würden ein Paar werden. Aber eines Tages war er auf und davon, und kein Mensch hat je wieder etwas von ihm gehört."

~ ~ ~

„Keine Kunst ist's, alt zu werden;
es ist Kunst, es zu ertragen."

Johann Wolfgang von Goethe,
* 1749, † 1832, deutscher Dichter

~ ~ ~

16 Die Mathematiker Gauß und Pfaff

Der deutsche Mathematiker, Astronom und Physiker Carl Friedrich Gauß hatte für Musik nicht wirklich viel übrig. Sein Freund Johann Friedrich Pfaff, ebenfalls ein deutscher Mathematiker, war hingegen ein großer Musikliebhaber.

Immer wieder versuchte Pfaff seinen Freund Gauß zu einem Konzertbesuch zu bewegen. Eines Tages gelang es ihm schließlich und die beiden gingen ins Konzert. Sie hörten Beethovens Neunte.

Als am Ende der Sinfonie schließlich der gewaltige Schlusschor verklungen war, fragte Pfaff seinen Freund um seine Meinung.

Darauf antwortete Gauß: „Nun ja, was ist damit bewiesen?"

~~~

„Mathematik ist Musik
des Geistes,
Musik ist Mathematik der Seele. "

*Daniil Charms, * 1905, † 1942,*
russischer Schriftsteller

~~~

17 Sokrates und der Schwätzer

Eines Tages kam ein Schwätzer zu Sokrates und wünschte, von ihm die Kunst der Rede zu lernen.

Der Philosoph verlangte von ihm jedoch doppelt so viel Honorar wie von anderen.

„Was ist der Grund dafür?", fragte der Schwätzer.

Sokrates antwortete: „Weil ich dir sowohl das Sprechen als auch das Schweigen beibringen muss!"

~~~

Als ich vierzehn war, war mein Vater so unwissend. Ich konnte den alten Mann kaum in meiner Nähe ertragen.
Aber mit einundzwanzig war ich verblüfft, wie viel er in sieben Jahren dazu gelernt hatte.“

*Mark Twain, * 1835, † 1910, amerikanischer Schriftsteller*

~~~

18 Zweimal Winston Churchill

Nach einer heftigen Debatte in der konservativen Partei holte eines der Mitglieder Churchill am Ausgang des Verhandlungsraumes ein und sagte: „Ich sehe gerade, dass ich versehentlich Ihren Hut erwischt habe, Sir Winston, und der passt mir wie angegossen. Unsere Köpfe müssen also beide gleich groß sein."

„Von außen, mein Lieber, von außen", entgegnete Churchill und eilte davon.

Churchill und Lady Nancy Astor

In der Biographie der Lady Nancy Astor, die als erste Frau in das britische Parlament einzog, findet sich folgende erheiternde Erinnerung an ihre Streitgespräche mit Churchill.
Boshaft sagte sie zu dem damaligen Marineminister: „Wäre ich Ihre Frau, Mister Churchill, so würde ich Ihren Kaffee vergiften!"

Darauf Churchill: „Und wäre ich wirklich Ihr Mann, Lady Nancy, so würde ich diesen Kaffee sofort trinken!"

~ ~ ~

„Man muss seinen Traum finden,
dann wird der Weg leicht. "

Heinrich Heine, * 1797, † 1856,
deutscher Dichter und Schriftsteller

~ ~ ~

19 Spinoza und das kleine Mädchen

Als der niederländischer Philosoph Baruch de Spinoza eines Tages eifrig seine Bücher studierte, bekam er Besuch aus der Nachbarschaft. Es war ein kleines Mädchen, das ihn um ein wenig Glut aus dem Kamin bat.

Spinoza hätte der Kleinen den Wunsch zu gern erfüllt. Leider fand er kein Gefäß für die Glut.

Spinoza entschuldigte sich bei dem Mädchen für diese Tatsache.

„Wenn es sonst nichts ist", sagte das Mädchen. Sie füllte mit der kleinen Schaufel am Kamin erst Asche in ihre Hand und dann darauf einige glühende Kohlen. Sie bedankte sich freudestrahlend und hüpfte davon.

Spinoza war erstaunt und rief: „Mit all meiner Gelehrsamkeit wäre ich auf solch ein Hilfsmittel nicht gekommen."

~~~

„Sein, was wir sind, und werden,
was wir werden können, das ist
das Ziel unseres Lebens."

*Baruch de Spinoza, * 1632, † 1677,*
holländischer Philosoph,
eigentlich Benedictus d' Espinoza

~~~

20 Alexander schwört bei allen Göttern

Zu den Lehrern von Alexander dem Großen gehörte auch der Rhetoriker Anaximenes aus Lampsakos.

Eines Tages war die Stadt von Alexander abgefallen. Die Stadt fühlte sich also nicht mehr dem König verbunden, worauf dieser beschloss, Lampsakos zu zerstören.

Als Anaximenes das hörte, eilte er zu Alexander, um Gnade für seine Vaterstadt zu erbitten.

Schon von weitem rief Alexander ihm zu: „Ich schwöre bei allen Göttern, dass ich nicht tun werde, worum du mich bittest."

Darauf Anaximenes: „Zerstöre Lampsakos!"

~ ~ ~

„Man verdirbt einen Jüngling am sichersten, wenn man ihn verleitet, den Gleichdenkenden höher zu achten als den Andersdenkenden.“

Friedrich Wilhelm Nietzsche,
* 1844, † 1900, deutscher Philosoph

~ ~ ~

21 Der schlagfertige Niels Bohr

Niels Bohr war ein dänischer Physiker und erhielt 1922 den Nobelpreis für Physik. Er hatte nicht nur großen wissenschaftlichen Verstand, sondern war auch sehr schlagfertig.

Eines Tages bekam er Besuch von einem Kollegen. Dieser bemerkte, dass über dem Eingang zum Haus ein Hufeisen hing.

Der Besucher war erstaunt und fragte: „Sie, Herr Professor Bohr, und ein Hufeisen. Glauben Sie etwa im Ernst daran?"

Darauf erwiderte Bohr: „Selbstverständlich nicht. Aber es soll auch dann helfen, wenn man nicht daran glaubt!"

~~~

„ Wer keine üblen Gewohnheiten hat, hat wahrscheinlich auch keine Persönlichkeit. "

*William Faulkner, * 1897, † 1962, amerikanischer Schriftsteller*

~~~

22 Trainboy

Er wurde 1847 als letztes von sieben Kindern in Ohio geboren. Schon als Zwölfjähriger verkaufte er als „Trainboy" Zeitungen und Süßigkeiten an Zugreisende.

An Geschäftstüchtigkeit und Produktivität konnte es zu seiner Zeit kaum jemand mit ihm aufnehmen. Für 1093 Erfindungen meldete er Patente an und bis heute feiert man den Erfindertag (National Inventors Day) in den USA an seinem Geburtstag, dem 11. Februar.

Sein Name: Thomas Alva Edison.

„... noch ein paar Blitze mehr und wir werden nicht mehr viel von Edison oder seiner elektrischen Lampe hören. Jede seiner Behauptungen wurde getestet und jede hat sich als undurchführbar erwiesen."

aus der New York Times, 1880

Am 21. Oktober 1879 schaffte es Edison, die erste Kohlefaden-Lampe hell und über mehrere Tage brennen zu lassen.

„*Erfolg hat nur der, der etwas tut,
während er auf den
Erfolg wartet.*"

*Thomas Alva Edison, * 1847, † 1931,
US-amerikanischer Erfinder*

23 Der perplexe Professor

Ein Professor berichtete: Vor Jahren hielt ich eine Anfängervorlesung und begann, wie es sich gehört, mit dem Thema Logik.

Zunächst erklärte ich, was eine „Aussage" ist. Eine Aussage ist ein Satz oder ein Text, dessen Inhalt entweder wahr oder falsch ist.

Als Beispiel nannte ich den Satz: Karl ist krank. In diesem Augenblick fiel mir siedend heiß ein, dass ich unbedingt einen lebenden Menschen namens Karl brauchte, auf den sich der Satz bezog. Andernfalls konnte man den Satz weder als wahr noch als falsch bezeichnen, d. h., er war gar keine Aussage.

Um den Schaden schnell wieder gutzumachen, fragte ich in den Saal: „Ist jemand unter Ihnen, der Karl heißt?" Sekundenlange Stille!

Dann eine Stimme aus dem Hintergrund: „Der ist krank!"

~~~

„Ich bin ein Schwamm, denn ich sauge Ideen auf und mache sie nutzbar. Die meisten meiner Ideen gehörten ursprünglich anderen Leuten, die sich halt nicht mehr die Mühe gemacht haben, sie weiterzuentwickeln."

Thomas Alva Edison, * 1847, † 1931
US-amerikanischer Erfinder

~~~

24 Einsteins Mantel

Eines Tages traf Albert Einstein auf der Straße einen Bekannten.

Dieser sagte: „Herr Einstein, Sie sollten sich unbedingt einen neuen Mantel kaufen!"

Einstein: „Weshalb denn? In dieser Stadt kennt mich doch keiner."

Nach Jahren trafen sich beide in derselben Stadt wieder, und Einstein trug den alten Mantel noch immer. Der Bekannte riet dem Gelehrten erneut, sich einen neuen Mantel zu kaufen.

Einstein sagte: „Weshalb denn? Hier kennt mich doch jeder."

~~~

„Die Menschen tun viel,
um geliebt zu werden.
Alles aber setzen sie daran,
um beneidet zu werden."

Mark Twain, * 1835, † 1910,
amerikanischer Schriftsteller

~~~

25 Der Schaden von Richard Strauß

Wilhelm II. hatte für die Musik des deutschen Komponisten Richard Strauß nicht viel übrig.

Nachdem der deutsche Kaiser die Oper Salome besucht hatte, sagte er: „So sollte der Strauß nicht komponieren. Damit schadet er sich nur."

Als Richard Strauß über den Ausspruch informiert wurde, sagte er einsilbig: „Von diesem Schaden hab' ich mir mein Haus in Garmisch bauen lassen."

~~~

„Es ist nicht schwer,
zu komponieren.
Aber es ist fabelhaft schwer, die
überflüssigen Noten unter den
Tisch fallen zu lassen."

*Johannes Brahms, * 1833, † 1897,
deutscher Komponist, Pianist und Dirigent*

~~~

26 Churchill über die Vorbereitung von Reden

Churchill war gebeten worden, eine kurze Festansprache zu halten. Er sollte aber nur ungefähr zehn Minuten sprechen, und ein Herr des Festkomitees meinte: „Das wird Ihnen doch gewiss keine Schwierigkeiten bereiten?"

„Nein", sagte Churchill, „ich muss es aber wenigstens vierzehn Tage im Voraus wissen, damit ich mich vorbereiten kann."

„Vierzehn Tage im Voraus?" wunderte sich der Frager. „Wie lange benötigen Sie dann für die Vorbereitung, wenn Sie eine Stunde lang reden sollten?"

„Drei Tage", lautete die überraschende Antwort.

„Und wenn Sie drei Stunden lang sprechen sollten, Sir Winston?"

„Dann könnte ich sofort beginnen", entgegnete Churchill lächelnd.

~ ~ ~

„Ein Langweiler ist ein Mensch,
der redet, wenn du wünschst,
dass er zuhört. "

*Ambrose Bierce, * 1842, † 1914,*
US-amerikanischer Journalist und Satiriker

~ ~ ~

27 Ein Königreich für ein Pferd

Ludwig Devrient war in den Jahren um 1830 der überragende Darsteller am Berliner Hoftheater und der beste Freund des Dichters E. T. A. Hoffmann. Beide haben in der Weinstube von Lutter und Wegner so manche Flasche geleert und dort war es auch, wo Devrient für den Schaumwein den Namen Sekt erfand, als Nachbildung von vino secco – trockener Wein.

Eines Abends, als er Shakespeares Richard III. spielte, lief er, wie es die Rolle vorschreibt, in der letzten Szene auf der Bühne auf und ab, verzweifelt schreiend: „Ein Pferd! Ein Pferd! Ein Königreich für ein Pferd!" Von der Galerie ertönte eine Stimme: „Kann's nicht auch ein Esel sein?"

„Warum nicht?", rief Devrient hinauf. „Kommen Sie nur herunter!"

„*Je größer aber ein Mensch ist,
desto mehr neigt er dazu,
vor einer Blume niederzuknien.*“

*Gilbert Keith Chesterton, * 1874, † 1936,
englischer Kriminalautor, Erzähler und Essayist*

~ ~ ~

28 Edisons famoser Vergleich

Eines Tages wurde Edison von einem Laien gefragt, ob Edison ihm ohne Fachausdrücke die Funktionsweise der drahtlosen Telegrafie erklären könne.

„Das ist ganz einfach", sagte Edison. „Stellen Sie sich vor, ein Dackel wäre so lang, dass er von New York bis nach London reicht. Wenn Sie ihn in New York in den Schwanz kneifen, so jault er in London. Das ist Telegrafie. Und drahtlose Telegrafie ist dasselbe ohne Dackel."

~~~

„Die Menschen müssen leiden, um stark zu werden, dachte ich. Jetzt denke ich, sie müssen Freude haben, um gut zu werden.“

Wilhelm von Humboldt, * 1767, † 1835 preußischer Gelehrter, Schriftsteller und Staatsmann

~~~

29 Die List des Herrn Maugham

Der englische Schriftsteller William Sommerset Maugham war erbost über seinen Verleger, weil sein erstes Werk sich nicht verkaufte und der Verlag kein Geld für Werbung ausgeben wollte.

Daraufhin griff Maugham zu einer List. In mehreren Londoner Tageszeitungen gab er eine Heiratsanzeige auf. Sie lautete:

„Junger Millionär, Sport liebend, kultiviert, musikalisch, verträglicher, einnehmender Charakter, wünscht eine junges hübsches Mädchen, das in jeder Hinsicht der Heldin des Romans von W. S. Maugham gleicht, zu heiraten."

Nur einige Tage, nachdem die Anzeigen erschienen waren, war die erste Auflage des Romans vergriffen.

~ ~ ~

Es geht mit Geschichten wie mit vielen Menschen, sie werden mit zunehmendem Alter schöner und schöner, und das ist erfreulich.

Hans Christian Andersen, * 1805, † 1875, dänischer Dichter und Schriftsteller

~ ~ ~

30 Wagner und der Drehorgelspieler

Eines Abends ging Richard Wagner im italienischen Sorrent spazieren. Einer der Drehorgelspieler spielte umgehend ein Stück aus „Lohengrin". Er begann die Orgel so schnell zu drehen, dass das Stück kaum noch zu erkennen war.

Zornig stürmte Wagner auf ihn zu, packte selbst die Drehorgel und drehte sie so langsam und bedächtig, dass das Lied im richtigen Tempo erklang. Dann gab er dem Spieler ein Trinkgeld mit der Weisung, immer in diesem Tempo zu spielen.

Am nächsten Morgen war an der Drehorgel ein Schild befestigt, auf dem zu lesen war: „Schüler von Richard Wagner".

~ ~ ~

„Die Musik wird treffend als
Sprache der Engel beschrieben."

Thomas Carlyle, * 1795, † 1881,
schottischer Essayist und Historiker

~ ~ ~

31 Der beste Hamlet

Der österreichische Schauspieler Josef Kainz spielte 1897 zum ersten Mal am Burgtheater den Hamlet. Nach dem Abschminken und Umkleiden ging er zum Bühnenausgang, wo er zufällig hörte, wie zwei Arbeiter sich über den Hamlet unterhielten.

„Ich hab schon den Sonnenthal als Hamlet gesehen!" – „Und ich den Robert." – „Aber am besten", meinten beide, „war doch heute der Kainz."

„Schönen Dank, meine Herren", sagte Josef Kainz. „Gerne möchte ich auch wissen, warum Sie das denken?"

Darauf antwortete der eine sehr offen: „Ja, Sie waren halt zwanzig Minuten früher fertig als alle anderen."

*Eine Schauspielerkarriere lässt
sich in drei Abschnitte einteilen:
„Wer ist der denn?",
„Da ist er!" und
„Mein Gott, lebt der auch noch?"*

unbekannt

32 Die vierfache Wurzel des Satzes vom zureichenden Grund

Als Arthur Schopenhauers Werk „Die vierfache Wurzel des Satzes vom zureichenden Grund" erschienen war, brachte der stolze Verfasser eines der ersten Exemplare seiner Mutter.

Seine Mutter las den Titel und fragte: „Das ist wohl etwas für Apotheker?"

Ihr Sohn hatte schon häufig über die Unterhaltungsliteratur, die seine Mutter schrieb, gespottet und gab zur Antwort: „Das wird noch da sein, wenn von dem Zeug, das du schreibst, kein Exemplar mehr zu finden sein wird."

„Das mag sein", antwortete seine Mutter. „Und von deinen Büchern wird sogar noch die ganze Auflage vorhanden sein!"

~ ~ ~

„Es gibt Leute, die zahlen
für Geld jeden Preis."

*Arthur Schopenhauer, * 1788, † 1860,*
deutscher Philosoph

~ ~ ~

33 Per Schiff mit Einstein

Der erste israelische Staatspräsident Chaim Weizmann fuhr einst gemeinsam mit Albert Einstein zusammen per Schiff nach Amerika.

Nach der Reise wurde Weizmann gefragt, wie er die lange Schifffahrt verbracht habe.

Weizmann sagte: „Einstein erklärte mir die ganze Zeit seine Relativitätstheorie."

„Und welchen Eindruck gewannen Sie davon?"

„Ich glaube, er versteht sie!"

~~~

„Ein Bekannter ist ein Mensch, den man gut genug kennt, um ihn anzupumpen, aber doch nicht gut genug, dass man ihm etwas borgen möchte.“

Ambrose Bierce, * 1842, † 1914, US-amerikanischer Journalist und Satiriker

~~~

34 Bachs Frau

Als Bachs Frau starb, musste sich der Trauernde um das Begräbnis kümmern. Bach war es aber gewohnt, dass seine Frau ihm solche Dinge abnahm.

Als einer seiner Diener von ihm Geld holen wollte, um Trauerflor einzukaufen, sagte Bach unter Tränen: „Sagt es meiner Frau."

~~~

*„Es ist einfach, jedes Instrument
zu spielen: Sie müssen nur die
richtige Taste im richtigen Moment
berühren, und das Instrument
selbst ertönt."*

*Johann Sebastian Bach, * 1685, † 1750,
deutscher Komponist und Musiker*

~~~

35 Frosch und Frühstück

Der österreichische Arzt Professor Tandler lockerte immer wieder seine Vorlesungen durch kurze Vorführungen auf.

Eines Tages legte er zum Beispiel ein kleines Paket vor sich auf den Tisch und sagte: „Um Ihnen meine Ansicht besser zu veranschaulichen, habe ich hier in diesem Paket einen Frosch mitgebracht. Schauen Sie bitte genau hin."

Er öffnete das Paket und zum Vorschein kamen: zwei Butterbrote und ein Ei.

Nachdem er eine ganze Weile die Überraschung angesehen hatte, sagte Tandler nachdenklich: „Und ich hätte schwören können, dass ich mein Frühstück gegessen habe."

~~~

„Humor ist eines der besten Kleidungsstücke, die man in Gesellschaft tragen kann."

William Shakespeare, * 1564, † 1616, englischer Dichter, Dramatiker, Schauspieler und Theaterleiter

~~~

36 Picasso und das Sonnenbild

Eines Tages wurde Picasso während einer Ausstellung von einer Dame befragt, ob das Bild einen Sonnenaufgang oder Sonnenuntergang darstelle.

Picasso antwortete darauf: „Trauen Sie mir zu, dass ich vor 12 Uhr mittags aufstehe?"

~~~

*„Die Kunst ist zwar nicht
das Brot, wohl aber
der Wein des Lebens.“*

*Jean Paul, * 1763, † 1825,
deutscher Schriftsteller*

~~~

37 Das verblüffende Experiment

Eines Tages zeigte der deutsche Anatom und Physiologe Carl Friedrich Wilhelm Ludwig den Studentinnen und Studenten ein Experiment mit einem Laubfrosch.

Dem Frosch war das Großhirn größtenteils entfernt worden und der Professor wollte die reflektorischen Leistungen des vom Gehirn abgetrennten Rückenmarkes beweisen. Unvermittelt machte der Frosch einen Satz und landete im Gesicht eines vor dem Professor sitzenden Studenten. Dieser erschrak und die Studentenschaft im Hörsaal lachte schallend.

Professor Ludwig ging zum erschrockenen Studenten und sagte: „Sie sehen, liebe Damen und Herren, wie wenig Gehirn dazu gehört, einen ganzen Hörsaal zum Lachen zu bringen."

~~~

„Jeder dumme Junge kann einen Käfer zertreten. Aber alle Professoren der Welt können keinen herstellen."

Arthur Schopenhauer, * 1788, † 1860,
deutscher Philosoph

~~~

38 Die Picasso-Ausstellung

In der französischen Stadt Bourges fand eine Picasso-Ausstellung statt. Den Künstler selber hatten die Veranstalter aber nicht eingeladen.

Verärgert telegrafierte Picasso an den damaligen Kulturminister Malraux: „Sie scheinen anzunehmen, dass ich hier verstorben bin!"

Malraux antwortete: „Und Sie scheinen anzunehmen, dass ich hier etwas zu sagen habe."

~~~

„Malerei ist die Kunst, Flächen vor dem Wetter zu schützen und sie den Kritikern auszusetzen."

*Ambrose Bierce, * 1842, † 1914,*
US-amerikanischer Journalist und Satiriker

~~~

39 Lincolns Backenbart

Abraham Lincoln war der 16. Präsident der Vereinigten Staaten. Über den berühmten „Abe" wird Folgendes berichtet.

Eines Tages erhielt Lincoln von der elfjährigen Grace Bedell einen Brief. In diesem empfahl die Anhängerin des Präsidentschaftskandidaten, er sollte sich einen Bart wachsen lassen. Sie begründete dies mit ihren Brüdern, die sie immer wegen des hageren Lincolns auslachten. Sie empfahl Abe, er möge sich einen Backenbart wachsen lassen. Sie würde dann ihre Brüder dazu bringen, ihn zu wählen.

Aber die junge Bedell ging in ihrer Begründung noch weiter. Sie schrieb, dass Lincoln mit Bart besser aussehen würde, weil er so ein schmales Gesicht hätte. Einen Bart wiederum mögen alle Frauen und diese Damen würden dann ihre Männer dazu bringen, Lincoln zu wählen.

Lincoln hörte auf den Rat von Grace Bedell. Er ließ sich einen Bart stehen und wurde Präsident der Vereinigten Staaten.

~~~

„Kellner, falls dies Kaffee ist,
bringen sie mir Tee,
falls dies aber Tee ist,
bringen sie mir Kaffee. "

*Abraham Lincoln, * 1809, † 1865,*
16. Präsident der Vereinigten Staaten
von Amerika

~~~

40 Churchill über den wirklichen Triumph

Bei einem Bankett fragte ein Journalist den greisen Churchill: „Welches Ereignis halten Sie für den größten Triumph in Ihrem Leben?"

„Solange ich jung und gesund war, habe ich mich vor niemandem gefürchtet", antwortete Churchill. „Die Siege jener Zeit zähle ich daher also gar nicht. Aber dass ich durch eine harmlose Grippe mit den Berichten über meinen Zustand die Schlagzeilen über dieses Scheusal, den Massenmörder Christie, von den ersten Seiten der britischen Blätter verdrängen konnte, das war ein wirklicher Triumph!"

~~~

*„Ruhm und Reichtum
ohne Verstand sind ein
unsicherer Besitz."*

*Demokrit, * 460 v. Chr., † 370 v. Chr.,
griechischer Philosoph*

~~~

41 Heuss und Hase

Der erste Bundespräsident der Bundesrepublik war der Vegetarier Theodor Heuss. Er nahm mitunter an Jagden teil und nutzte diese für zwanglose Gespräche. Eines Tages lief bei einer Treibjagd ein flüchtender Hase direkt auf „Papa Heuss" zu.

Heuss rief dem Hasen zu: „Hey Hase, helfen kann ich dir leider nicht, aber wenigstens habe ich kein Gewehr."

Noch eine weitere:

Nach einem offiziellen Empfang wollte der damalige Bundespräsident die Regel außer Kraft setzen, dass niemand vor dem Bundespräsidenten den Raum verlassen darf.

Heuss sagte: „Meine Herren, der Bundespräsident geht – der Heuss bleibt hocke!"

~~~

„Nie kann eine Frau vergessen zu lieben, sie möge dichten oder herrschen."

*Jean Paul, * 1763, † 1825,*
deutscher Schriftsteller

~~~

42 Busch auf Reisen

Auf einer seiner Reisen kehrte Wilhelm Busch in einen Landgasthof ein, um Mittag zu essen.

Dem Wirt war wohl bewusst, wer bei ihm aß und so stellte er sich vor und fragte: „Herr Busch, nun muss ich Sie fragen. Wie fanden Sie das Schnitzel?"

Busch erwiderte: „Oh, ganz leicht. Ich habe lediglich das kleine Salatblatt zu Seite genommen und voilà, da lag das Schnitzel!"

~ ~ ~

„Opportunist: ein Jenachdemer.“

*Wilhelm Busch, * 1832, † 1908,*
deutscher Dichter und Zeichner

~ ~ ~

43 Goethe und die Schmeißfliege

Goethe zählte ihn zu den „gründlichsten Schuften, die Gott erschuf". Gemeint ist Karl August Böttiger (* 1760, † 1835). Er war deutscher Philologe, Archäologe, Pädagoge und Schriftsteller, der zu den einflussreichen Persönlichkeiten der Goethezeit in Weimar gehörte.

Böttiger sprang in seinen Kritiken derart schonungslos mit seinen Weimarer Zeitgenossen um – darunter Goethe, Schiller, Herder, die Gebrüder Schlegel, Hegel und Schelling –, dass sie ihn als „Arschgesicht", „Vogelscheuche" oder „Schmeißfliege" verunglimpften.

Wir sehen, sogar Genies und große Persönlichkeiten neigen zu Ausrastern, wenn ihre Ehre angekratzt wird.

~~~

„Mehr Glück als Verstand", sagte der Mann und warf einen Stein nach seinem Hund und traf seine Schwiegermutter."

aus Dänemark

~~~

44 Churchill über Sicherheit

Als gut unterrichteter Politiker setzte sich Churchill schon im April 1938 für erhöhte Bereitschaft ein.

Er schrieb: „Wir sind noch nie von besonderen Schwierigkeiten bedroht worden, weil wir ein-, zweitausend moderne Flugzeuge zusätzlich zur Verfügung hatten.

Wie sagte der Mann, dessen Schwiegermutter in Brasilien verstorben war, als man ihn fragte, was mit den sterblichen Überresten geschehen solle? 'Einbalsamieren, verbrennen und begraben. Nur kein Risiko!'"

~~~

„Drei Dinge kehren nie zurück:
Der Pfeil, der abgeschossen,
das ausgesprochene Wort,
die Tage, die verflossen."

*Georg Friedrich Daumer, * 1800, † 1875,*
deutscher Religionsphilosoph und Lyriker

~~~

45 Einstein und die Größe des Weltraums

Als Albert Einstein die allgemeine Relativitätstheorie begründet hatte, wurden er und seine Frau immer wieder zu verschiedenen Veranstaltungen eingeladen. Eines Tages waren die beiden einer Einladung zur Sternwarte des Mount Wilson Observatoriums in Kalifornien gefolgt. Es hatte das damals größte Fernrohr der Welt in Betrieb.

Ein Mitarbeiter des Observatoriums hatte die Aufgabe, Frau Einstein das fünf Meter Durchmesser messende Fernrohr zu erklären und zu zeigen.

Frau Einstein fragte: „Wozu brauchen Sie eigentlich so ein Fernrohr?"

Der Mitarbeiter antwortete: „Das brauchen wir, um die Größe des Weltraums auszumessen."

Frau Einstein erwiderte: „Ach, wie komisch. Mein Mann macht das auf der Rückseite gebrauchter Briefumschläge."

~~~

„Nach manchen Gesprächen mit Menschen hat man den Wunsch, einen Hund zu streicheln, einem Affen zuzulächeln und vor einem Elefanten den Hut zu ziehen."

Maxim Gorki, * 1868, † 1936, russischer Schriftsteller

~~~

46 Schadow und Rauch

Johann Gottfried Schadow (* 1764, † 1850) war preußischer Grafiker und der bedeutendste Bildhauer des deutschen Klassizismus.

Er musste erleben, dass sein Schüler, Christian Rauch, ihn beim Berliner Publikum an Beliebtheit übertraf. Selbst am Hof bewunderte man Rauchs gefällige Art. Schadows strenge Kunst wurde hingegen nicht mehr so recht verstanden.

„Warum halten Sie sich denn nur so zurück, mein lieber Schadow?" fragte eines Tages Alexander von Humboldt den in die Jahre gekommenen Bildhauer. „Man sieht doch überall die Ausstrahlung Ihrer Persönlichkeit!"

Johann Gottfried Schadow zuckte nur mit den Achseln und sagte: „Was soll ich noch? Mein Ruhm ist in Rauch aufgegangen!"

~~~

*„Ruhm ist ein Gift,
das der Mensch nur in kleinen
Dosen verträgt."*

*Honore de Balzac, * 1799, † 1850,
französischer Schriftsteller*

~~~

47 Alternativmedizin

Der deutsche Arzt Ernst Ludwig Heim (* 1747, † 1834) war ein Zeitgenosse, der Neuerungen aufgeschlossen gegenüberstand, aber auch bewährte Hausmittel nicht ablehnte. Eine seiner Patientinnen litt unter häufigen, starken Kopfschmerzen. Sie hatte bereits vieles probiert und viele um ein wirksames Mittel gebeten. Doch vergebens.

Als sie eines Tages verzweifelt zum alten Heim kam, berichtete sie ihm, dass sie von einer wirksamen Methode gegen ihr Leiden gehört habe. Eine alte Bauersfrau hätte ihr berichtet, dass die Kopfschmerzen sofort vergingen, wenn man den Scheitel mit Sauerkraut bedecke. Sie wollte nun erfahren, was ihr Hausarzt davon halte.

„Ganz ausgezeichnet", sagte Heim, „aber ich würde nie vergessen, auch eine Bratwurst draufzulegen."

~~~

„Wenn sich eine Tür schließt,
öffnet sich eine andere;
aber wir sehen meist so lange mit
Bedauern auf die geschlossene
Tür, dass wir die, die sich für uns
geöffnet hat, nicht sehen."

*Alexander Graham Bell, * 1847, † 1922,*
britischer und später US-amerikanischer
Sprechtherapeut, Erfinder und Großunternehmer

~~~

48 Churchill und das Kamel

Im Jahre 1906 unternahm Churchill als Unterstaatssekretär für die Kolonien eine Reise durch die afrikanischen Territorien. Über den Aufenthalt in Aden berichtet der dortige diensthabende Offizier Calwert: „Eines Morgens läutete das Telefon und eine Stimme sagte: 'Hier spricht Mr. Churchill. Ich wäre Ihnen verbunden, wenn mir die Kamelbatterie ein Reitkamel zur Verfügung stellen könnte.'

Ich antwortete: 'Selbstverständlich', und rief den Hauptfeldwebel, der meinte: 'Ich werde den Leuten sagen, sie sollen Nr. 51 satteln.' Jedermann wusste, dass Nr. 51 ein übler Schläger war.

Am Abend kam ein Somalijunge grinsend zurück. Ich fragte ihn nach dem Kamel. Er erwiderte: 'Sahib, Kamel treten Churchill. Churchill Sahib treten Kamel. Jetzt sehr gutes Kamel, Sahib.'"

~ ~ ~

*„Wenn über eine dumme Sache
endlich Gras gewachsen ist,
kommt sicher ein Kamel gelaufen,
das alles wieder runterfrisst."*

Wilhelm Busch, * 1832, † 1908,
deutscher Dichter und Zeichner

~ ~ ~

49 Die tiefen Töne der Fagottisten

Als der deutsche Komponist, Organist, Pianist und Dirigent Max Reger einmal in München ein Konzert dirigierte, waren auch Mitglieder des Bayerischen Königshauses anwesend.

Unmittelbar hinter dem Dirigentenpult saß eine Prinzessin, die wegen ihrer gepfefferten Ausdrucksweise als „Sorgenkind" galt.

Als die Mitglieder des Orchesters vor dem zweiten Teil des Konzerts ihre Instrumente stimmten, beugte sich die Prinzessin zum Dirigentenpult vor. Sie deutete zu den Fagottisten und fragte: „Sagen Sie bitte, Herr Professor, wie machen das die Leute? Bringen sie diese tiefen Töne mit dem Munde hervor?"

Reger wandte sich um und blinzelte die Prinzessin vergnügt an und sagte freundlich: „Das will ich stark hoffen, Königliche Hoheit".

~~~

„Es gibt vielleicht auf der ganzen Welt kein anderes Mittel, ein Ding oder Wesen schön zu machen, als es zu lieben."

*Robert Edler von Musil, * 1880, † 1942, österreichischer Schriftsteller*

~~~

50 Der clevere Mörike aus Cleversulzbach

Eduard Mörike war deutscher Lyriker der Schwäbischen Schule, Erzähler und Übersetzer. Sein „Brotberuf" war evangelischer Pfarrer in Cleversulzbach.

Eines Tages unterhielt er sich mit einem reichen Gutsbesitzer, der gerade geheiratet hatte. Mörike hatte ihn getraut.

Der Gutsbesitzer sagte: „Wenn ich einen dummen Sohn bekommen sollte, lasse ich ihn Pfarrer werden."

Eduard Mörike stutzte, sah den Gutsherrn abschätzend an und sagte: „Ihr Herr Vater hat aber anscheinend anders darüber gedacht."

~~~

„Werbung ist der Versuch, das Denkvermögen des Menschen so lange außer Takt zu setzen, bis er genügend Geld ausgegeben hat."

*Ambrose Bierce, * 1842, † 1914, US-amerikanischer Journalist und Satiriker*

~~~

51 Die Tafel am Schubert-Haus

Schubert verdiente als junger Mann sein Geld durch Klavierunterricht.

Eines Tages verabredete er sich mit einem Freund zum Spaziergang. Als sie vor die Haustür traten, blieb Schubert stehen und sagte: „Wenn ich tot bin, wird an diesem Hause eine Tafel angebracht sein."

Sein Freund antwortete zweifelnd: „Na ja, so berühmt bist du doch nicht. Was sollte denn auf der Tafel stehen?"

Schubert lächelte und sagte: „Auf der Tafel wird stehen: Hier ist ein Zimmer zu vermieten."

~~~

„Arbeite, als würdest du das Geld nicht brauchen. Liebe, als hätte dich nie jemand verletzt. Tanze, als würde niemand zusehen. Singe, als würde niemand zuhören. Lebe, als wäre der Himmel auf Erden."

Mark Twain, * 1835, † 1910, amerikanischer Schriftsteller

~~~

52 Die härteste Strafe

Theodor Storm, sonst ein geselliger Mensch, war im Alter einsilbig geworden und sprach im Kreise anderer sehr wenig. Auf einer Gesellschaft, die er nicht hatte absagen können, kam die Rede auf einen Prozess wegen Bigamie, der das kleine Husum erregte.

„Sagen Sie, Herr Storm", fragte eine wissbegierige Dame den Dichter, „was ist eigentlich die härteste Strafe für Bigamie?"

„Zwei Schwiegermütter", brummte Storm kurz angebunden.

~~~

„Das Leben ist kurz, brich die Regeln, vergib schnell, liebe wahrhaftig, lache unkontrolliert und bereue nichts, was dir ein Lächeln geschenkt hat."

Mark Twain, * 1835, † 1910, amerikanischer Schriftsteller

~~~

53 Lessings Einschätzung

Vom großen Dichter der deutschen Aufklärung Gotthold Ephraim Lessing wird Folgendes erzählt:

Eines Tages erhielt er ein Päckchen mit einer Erzählung. Sie hieß: „Warum lebe ich?" In einem Begleitschreiben bat ein junger Schriftsteller um Lessings Einschätzung des Werkes.

Lessing schrieb darauf zurück: „Sie leben nur, weil Sie Ihre Erzählung mit der Post geschickt, und nicht persönlich bei mir abgegeben haben."

~ ~ ~

„Das einzig Intelligente an ihm ist sein Weisheitszahn."

Mark Twain, * 1835, † 1910,
amerikanischer Schriftsteller

~ ~ ~

54 Revanche

Ende des 18. Jahrhunderts gehörte der Baron von Willamowitz zu den bekanntesten Berliner Herrenreitern. Er war ein eitler Zeitgenosse und ließ sich eines Tages von einem bekannten Maler auf seinem Goldfuchs malen und unter den Linden ausstellen.

Das Bild von Willamowitz auf dem Pferd mit golden glänzendem Fell trug die Unterschrift: „Auf meinem Goldfuchs".

Kurze Zeit später hatte er bei einem großen Rennen mit seinem Pferd etwas Pech. Sein Pferd stürzte über eine Hürde und der Baron fiel vom Pferd. Ohne Schaden zu nehmen, kam er unter dem Pferd zu liegen.

Am nächsten Tag titelte eine Berliner Zeitung eine Zeichnung vom Vorfall mit der Unterschrift: „Auf meinem Willamowitz".

~ ~ ~

„Wenn ich Beethoven höre,
werde ich tapfer.“

Otto von Bismarck, * 1815, † 1889,
deutscher Politiker und Staatsmann

~ ~ ~

55 Das oberste Stockwerk

Otto Eduard Leopold von Bismarck-Schönhausen, oder heute kurz Fürst von Bismarck, war ein zeitweise bissiger Zeitgenosse.

Als man ihm eines Tages berichtete, wen seine Majestät Kaiser Wilhelm I. zum Generaladjutanten ernannte, war er wenig begeistert. Der über zwei Meter große Graf von Pannwitz galt als geistig beschränkt – er war quasi nicht die hellste Kerze auf der Torte.

Sein engster Vertrauter, Lothar Bucher, fragte den Kanzler, was er denn an Pannwitz auszusetzen habe.

Da sagte Bismarck: „Bei den allzu großen Leuten ist es wie bei den zu hohen Häusern: das oberste Stockwerk ist meist am schlechtesten möbliert."

~~~

„Wir sind das, was wir wiederholt
tun. Vorzüglichkeit ist daher
keine Handlung, sondern
eine Gewohnheit."

*Aristoteles, * 384 v. Chr., † 322 v. Chr.,
griechischer Philosoph und Naturforscher*

~~~

56 Die Einführung des Notrufs

In den ersten Tagen des Notrufs klingelte es auch auf einem Berliner Polizeirevier. Es war der Besitzer einer besonders einsam gelegenen Vorortvilla.

Er berichtete, dass er gerade – es war späte Nacht – nach Hause gekommen sei. Vor seiner Eingangstür sei er von jemandem mit einem Knüppel auf den Kopf geschlagen worden. Darauf schickte der Reviervorsteher einen seiner Beamten los. Nach einer Stunde kam dieser wieder zurück.

„Nanu? Wie sehen Sie denn aus?", fragte der Reviervorsteher.

Der Polizist mit dem rot und blau unterlaufenen Auge sagte: „Ich bin auch auf die Harke getreten."

~~~

„Alle großen Leute waren einmal Kinder, aber nur wenige erinnern sich daran."

*Antoine de Saint-Exupéry, * 1900, † 1944, französischer Schriftsteller und Pilot*

~~~

57 Der Bumerang

In einer amerikanischen Schule war ein Lehrer mit den Leistungen seines Schülers Mark T. nicht zufrieden.

Er sagte: „Weißt du Mark, dass Georges Washington in deinem Alter bereits der beste Schüler seiner Klasse war?"

Mark antwortete: „Ja, das weiß ich. Und in Ihrem Alter war er bereits Präsident der Vereinigten Staaten."

~~~

„*Es ist ein Grundsatz, dass Ehrenhaftigkeit immer die beste Politik ist, und zwar ebenso bei öffentlichen wie bei privaten Angelegenheiten.*“

*George Washington, * 1732, † 1799, 1. Präsident der Vereinigten Staaten von Amerika*

~~~

58 Der Preis von Worten und Möbeln

Die Romanschriftstellerin Hedwig Courths-Mahler hatte 1905 ihre ersten Erfolge mit den sentimentalen Werken „Schein-Ehe" und „Ich lasse dich nicht".

Als sie kurze Zeit später ihre erste Wohnung einrichtete, lud sie Freunde ein, um ihnen stolz ihr Heim zu zeigen.

Eine der Besucherinnen wunderte sich etwas und meinte: „Die Wohnungen und Einrichtungen, die Sie in Ihren Büchern schildern, sind immer so prächtig und teuer. Da kann ich gar nicht verstehen, dass Sie sich mit so bescheidenen Möbeln begnügen."

„Vergessen Sie nicht", antwortete Hedwig Courths-Mahler, „dass Worte erheblich billiger sind als Möbel."

~ ~ ~

„Freundschaft verdoppelt unsere Freude und halbiert unseren Schmerz."

Marcus Tullius Cicero,
* 106 v. Chr., † 43 v. Chr.,
römischer Politiker, Anwalt, Schriftsteller
und Philosoph

~ ~ ~

59 Späte Erkenntnis

Von Dr. Chivac, dem Leibarzt des Herzogs von Orleans, erzählt man sich, er sei so beschäftigt gewesen, dass er an seine eigene Gesundheit nie gedacht habe.

Eines Tages ging es nicht mehr. Eine Krankheit plagte ihn schon lange und so fasste er sich zerstreut an den Puls. Er stutzte und murmelte vor sich hin: „Der Kerl ist verloren! Das kommt von der unbegreiflichen Dummheit dieser Esel von Menschen, dass sie immer erst den Arzt rufen, wenn es zu spät ist!"

~~~

„Es gibt Menschen, die Fische fangen, und solche, die nur das Wasser trüben."

aus China

~~~

60 Der zerstreute Professor

August Johann Wilhelm Neander (* 1789, † 1850) war ein deutscher evangelischer Theologe und Professor für Kirchengeschichte. Er lebte in Berlin und gilt als einer der Urheber der Sage vom zerstreuten Professor. Von den zahlreichen Anekdoten, die über seine Zerstreutheit im Umlauf sind, gibt es auch eine über einen Friseurbesuch.

Es war mal wieder soweit, Professor Neander ließ sich bei dem Friseur seines Vertrauens die Haare schneiden. Gedankenverloren saß er auf dem Stuhl.

Als sein Friseur fertig war, warf Professor Neander einen flüchtigen Blick in den Spiegel und sagte: „Das ist zu kurz. Bitte schneiden Sie es etwas länger!"

~ ~ ~

„Mach es Wenigen recht.
Vielen gefallen ist schlimm."

*Friedrich von Schiller, * 1759, † 1805,*
deutscher Dichter

~ ~ ~

61 Schiller, der Schalk

Als Schiller Schüler der Karlsschule war, dichtete er bereits an seinem Werk „Die Räuber". Während dieser Zeit wollte er einen Klassenkameraden besuchen, der nicht zu Hause war. Schiller wartete im Zimmer seines Kameraden, wo er auf dem Schreibtisch ein angefangenes Gedicht liegen sah. Sein Freund dichtete ebenfalls gern, war aber nur bedingt talentiert.

Die ersten Verse lauteten:
Es dringen der Sonne Strahlenspitzen
Bis auf des Meeres tiefsten Grund.

Sein Freund kam nicht. Schiller konnte nicht widerstehen und schrieb vor dem Gehen darunter:

Die Fische fangen an zu schwitzen.
O Sonne, treib es nicht zu bunt.

~~~

„Das Alte stürzt,
es ändert sich die Zeit,
und neues Leben
blüht aus den Ruinen."

*Friedrich Schiller, * 1759, † 1805,*
deutscher Schriftsteller

~~~

62 Die Ausnahme

Das Burgtheater in Wien gilt als eine der bedeutendsten Bühnen Europas. Nach der Comédie-Française ist es das zweitälteste europäische sowie das größte deutschsprachige Sprechtheater.

Im Oktober 1888 wurde das neue Haus am heutigen Universitätsring eröffnet. Seit dieser Zeit hängt am Eingang zu den Damengarderoben ein Schild mit folgender Inschrift: „Das Betreten der Damengarderoben ist Herren strengstens verboten. Der Friseur gilt laut § 8 der Hausordnung nicht als Herr."

~~~

„Mit dem Leben ist es wie mit einem Theaterstück. Es kommt nicht darauf an, wie lang es ist, sondern wie bunt.“

Lucius Annaeus Seneca,
* um 4 v. Chr., † 65 n. Chr.,
römischer Philosoph,
Naturforscher und Politiker

~~~

63 Wiederholung

Der Dirigent Hans von Bülow setzte sich stark für den Komponisten Johannes Brahms ein. Eines Abends dirigierte er dessen Erste Symphonie: Danach peinliche Stille. Niemand klatschte.

Bülow wandte sich um und erklärte dem Publikum: „Meine sehr geehrten Damen und Herren, ich habe diese Symphonie auch nicht beim ersten Mal verstanden, ich musste sie zweimal spielen, um sie zu genießen. Und nun erlauben Sie mir, dass ich sie auch Ihnen noch einmal vorspiele."

Damit erhob von Bülow den Taktstock und dirigierte die gesamte Symphonie von Brahms noch einmal. Danach tosender Beifall.

Ein zynischer Zuhörer meinte jedoch: „Die Leute applaudieren nur, damit er sie ihnen am Ende nicht noch ein drittes Mal vorspielt."

~~~

„Gibt es schließlich eine bessere Form mit dem Leben fertig zu werden, als mit Liebe und Humor?"

*Charles Dickens, * 1812, † 1870, englischer Schriftsteller*

~~~

64 Lebensrettung

Mark Twain wurde einst von einem bekannten Pianisten gefragt, welches Instrument er bevorzuge. Der amerikanische Schriftsteller gestand umgehend seine besondere Liebe zum Klavier.

„Kein Instrument achte ich so hoch", erklärte Twain, „denn ein Klavier hat mir einmal das Leben gerettet. Als ich noch ein kleiner Junge war, gab es in meiner Vaterstadt eine furchtbare Überschwemmung. Das Wasser erreichte unsere im ersten Stock gelegene Wohnung, so dass meinem Vater nichts übrigblieb, als sich auf eine Kommode zu setzen und auf ihr den Fluss hinunterzutreiben, bis er gerettet wurde."

„Aber, was hat das mit dem Klavier zu tun?", fragte der Pianist.

„Nun, ich habe ihn auf dem Klavier begleitet", antwortet Mark Twain.

~~~

„Das Zubehör eines Sängers:
ein großer Brustkorb, ein großer
Mund, neunzig Prozent
Gedächtnis, zehn Prozent
Intelligenz, sehr viel schwere
Arbeit und ein gewisses Etwas
im Herzen."

*Enrico Caruso, * 1873, † 1921,*
italienischer Opernsänger

~~~

65 Die sauberen Hemden

Der Dichter Joachim Ringelnatz trat damals in Kabaretts auf. Als Matrose verkleidet präsentierte er seine „Turngedichte", seinen Weltreisenden „Kuddel Daddeldu" und andere Grotesken, womit er viel Erfolg hatte.

Als Kollege war er beliebt, weil er nicht kleinlich war. Er lief jedoch stets so ungepflegt herum, dass keiner sich mit ihm in einem besseren Restaurant sehen lassen konnte.

Besonders seine Hemden waren von einer unbeschreiblichen Farbe. Selbst wenn er das Hemd einmal gewechselt hatte, sah das neue aus wie die alten.

Sein äußerst elegant gekleideter Kollege Harry Lambertz-Paulsen fragte ihn deshalb einmal: „Sag mal, Natz, wer trägt eigentlich deine Hemden, wenn sie gewaschen sind?"

~~~

„Warum sollen wir uns alle nach derselben Mode kleiden? Der Frost malt mir nie dieselben Eisblumen zweimal an mein Fenster."

*Lydia Maria Child, * 1802, † 1880, US-amerikanische Schriftstellerin und Frauenrechtlerin*

~~~

66 Amazone zu Pferd

1898 beschloss die Berliner Nationalgalerie, die vom deutschen Bildhauer Louis Tuaillon geschaffene „Amazone zu Pferd" zu kaufen.

Die lebensgroße Bronzeplastik zeigt eine junge Amazone mit einer Streitaxt reitend auf einem Pferd. Damit das Kunstwerk aufgestellt werden durfte, musste Kaiser Wilhelm II. noch seine Einwilligung geben.

Er war damit einverstanden, das Meisterwerk aufzustellen, beschwerte sich jedoch über den ungewöhnlich hohen Preis, den Tuaillon forderte.

Der Direktor der Nationalgalerie erklärte dem Kaiser, dass sich der Künstler, um zu dieser vollendeten Darstellung zu gelangen, ein Jahr lang ein teures Reitpferd habe halten müssen.

Kaiser Wilhelm II. lachte und rief: „Unser Glück, dass er sich nicht auch noch 'ne Amazone halten musste."

~ ~ ~

„In der Freundschaft muss es als heiliges und unverbrüchliches Gesetz gelten, dass man weder etwas Unsittliches verlangt, noch es tut, wenn man darum gebeten wird."

Marcus Tullius Cicero,
* 106 v. Chr., † 43 v. Chr.,
römischer Politiker, Anwalt,
Schriftsteller und Philosoph

~ ~ ~

67 Umsonst

Geheimrat Virchow war einer der großen Mediziner in Berlin der 20er-Jahre. Er legte Wert darauf, von zahlungsfähigen Patienten angemessen honoriert zu werden. Als er eines Tages zu einer Behandlung gerufen wurde, konnte er bei seinem Eintreffen nur noch den Tod des Kranken feststellen.

„Ich bedaure sehr, dass ich Sie umsonst bemüht habe", sagte die Witwe zu dem berühmten Arzt.

Geheimrat Virchow strich sich nachdenklich den Bart. „Umsonst ja nun nicht, gnädige Frau, sondern nur vergeblich."

„Man kann die Erkenntnisse der Medizin auf eine knappe Formel bringen: Wasser, mäßig genossen, ist unschädlich."

Mark Twain, * 1835, † 1910, amerikanischer Schriftsteller

68 Die Kritik

Der österreichische Schriftsteller Hermann Bahr, dessen Komödie „Das Konzert" auch heute noch viel gespielt und verfilmt wird, war 1906 von Max Reinhardt als Regisseur am Deutschen Theater Berlin engagiert worden.

Hermann Bahr führte sich ein mit dem Stück „Der Gott der Rache" von Schalom Asch. Das Stück fiel beim Publikum und der Presse durch. Zwar konnte er nichts dafür, aber trotzdem ärgerte es ihn, dass die Kritiker so über ihn hergefallen waren. Besonders verärgert war er über die Kritik von Alfred Kerr, der dem Regisseur beinahe mehr Schuld als dem Autor gab.

In dieser Stimmung schrieb Hermann Bahr dem großen Kritiker des Berliner Tageblattes (mit dem ihn später eine gute Freundschaft verband) jenen berühmten Brief, in dem es heißt: „Ich sitze hier auf einem verschwiegenen Ort, auf den mich niemand begleiten kann. Noch habe ich Ihre Kritik vor mir, bald werde ich sie hinter mir haben."

~~~

„Gewisse Bücher scheinen geschrieben zu sein, nicht damit man daraus lerne, sondern damit man wisse, dass der Verfasser etwas gewusst hat.“

Johann Wolfgang von Goethe,
* 1749, † 1832, deutscher Dichter

~~~

69 Die beste Verwendung

Der Inhaber eines großen Unternehmens der Stahlindustrie hatte einen Sohn. Als dieser mit der Schule fast fertig war, überlegte der Vater, was er seinen Sohn werden lassen könnte. Um dies herauszubekommen, hatte er sich eine eigenartige Methode ausgedacht.

Er gab ihm eine Bibel, einen Bankscheck und eine Birne und bat ihn, für eine halbe Stunde in einem leeren Zimmer zu verweilen. Wenn ich das Zimmer wieder betrete, dachte der Vater, dann weiß ich, was ich meinen Sohn werden lasse. Liest er in der Bibel, dann wird er Pastor. Isst er die Birne, soll er Landwirt werden. Betrachtet er den Scheck, lasse ich ihn das Bankfach einschlagen.

Nach einer halben Stunde betrat der Vater das Zimmer. Sein Sohn saß auf der Bibel, hatte den Scheck in die Hosentasche gesteckt und aß die Birne. Da machte der Vater einen Politiker aus ihm.

~~~

„Je weniger die Leute davon wissen, wie Würste und Gesetze gemacht werden, desto besser schlafen sie."

*Otto von Bismark, * 1815, † 1898, deutscher Politiker und Staatsmann.*

~~~

70 Berliner Mutterwitz

Der Berliner ist aufgeweckt, denkt und kombiniert schnell, ist witzig und mitunter ein wenig frech. Auf jeden Fall hat er ein gutes Herz. Es gibt tausende Anekdoten, die so typisch sind, dass sie nur in Berlin stattgefunden haben können, doch keine ist so berlinerisch wie der Vorfall zwischen einem Radfahrer und einem Fußgänger.

Der Radfahrer fuhr korrekt seines Weges, während ein Fußgänger ganz ohne Zweifel falsch über den Damm ging. Am Zusammenstoß, der den Radfahrer zu Fall brachte, war nur der Fußgänger schuld. Der Radfahrer hob sein Rad auf, sah, dass nichts weiter passiert war, stieg wieder auf, trat in das Pedal und rief im Weiterfahren dem Fußgänger, der sich gerade wegen seines Fehlers entschuldigen wollte, zu: „Hau dir selber in die Fresse, ick hab' keine Zeit." Und fuhr davon.

~ ~ ~

„Humor ist der Knopf,
der verhindert,
dass uns der Kragen platzt. "

Joachim Ringelnatz, *1883, † 1934,
deutscher Schriftsteller, Kabarettist und Maler

~ ~ ~

71 Menschliche Größe

1880 besuchte Johannes Brahms einen Ball. Damals war es üblich, dass die Damen große Fächer trugen. Diese waren faltbar und teilweise aus kostbarem Material angefertigt. Manche Fächer besaßen großen Wert.

War eine Dame einem Herrn besonders geneigt, so forderte sie ihn auf, ihr irgendetwas auf eines der Fächerblätter zu schreiben. Dadurch gewann der Fächer an Wert, besonders wenn es gelang, eine berühmte Persönlichkeit zu bewegen, sich auf einem Fächerblatt zu verewigen.

Auf jenem Ball bat die hübsche Gräfin von Schönau den Meister der Töne, ihr etwas Nettes auf ein Fächerblatt zu schreiben. Brahms ergriff einen Stift und zeichnete die ersten Takte des damals wie heute schönsten Walzers der Welt „An der schönen blauen Donau" auf das Fächerblatt und schrieb dann darunter: „Leider nicht von mir." Johannes Brahms.

~~~

„Und sollte ich vergessen haben, jemanden zu beschimpfen, dann bitte ich um Verzeihung!"

*Johannes Brahms, * 1833, † 1897, deutscher Komponist, Pianist und Dirigent*

~~~

72 Besser aufpassen

Johannes Lukas Schönlein war Professor für Pathologie in Würzburg. In seinen Vorlesungen betonte er immer wieder, dass ein guter Arzt sich vor nichts ekeln dürfe. Außerdem sei er stets zu genauester Beobachtung verpflichtet.

„Sehen Sie, meine Herren, früher haben die Ärzte den Zuckergehalt des Urins mit der Zunge erprobt. Machen wir es heute auch so." Und er tauchte den Zeigefinger der rechten Hand in ein bereitstehendes Glas voll Urin und leckte anschließend den Finger ab. Die Studenten traten der Reihe nach widerwillig an das Gefäß heran, tauchten aber ebenfalls den Zeigefinger in den Urin und leckten den Finger ab.

Als alle fertig waren, sagte Professor Schönlein: „Ausgezeichnet, meine Herren. Sie haben den Ekel, wie ich bemerke, überwunden. Aber mit der Beobachtung hapert es bei allen doch noch erheblich. Sonst hätten Sie bemerken müssen, dass ich zwar den Zeigefinger in den Urin steckte, aber den Mittelfinger ableckte."

~~~

„Gesellschaftlich ist kaum etwas so erfolgreich, wie Dummheit mit guten Manieren."

Voltaire, * 1694, † 1778,
französischer Philosoph und Schriftsteller

~~~

73 Hackbraten bei König Ludwig

In Leutstetten im Würmtal betrieb Prinz Ludwig, der spätere König Ludwig III., Viehzucht und lebte recht einfach. Gelegentlich wurde ein Künstler zum Abendessen gebeten und der Diener holte das Bier in der nahen Schlosswirtschaft. Ein Maler war sogar schon zum dritten Mal während des Sommers eingeladen worden. Dieser Maler hatte den Mut gewonnen, dem Verwalter eine vertrauliche Frage zu stellen.

Er fragte: „Ist der Küchenzettel so eintönig oder ist es ein Zufall, dass man nun bereits zum dritten Mal Hackbraten mit Kartoffelsalat serviert?" Der Maler ließ deutlich durchblicken, dass er von der Tafel eines Prinzen feinere Genüsse erwartet hätte.

Der Verwalter antwortete: „Deswegen werden Sie ja immer am Donnerstag eingeladen, weil es da Hackbraten gibt!"

~~~

„Sei höflich zu allen, aber
freundschaftlich mit wenigen;
und diese wenigen sollen sich
bewähren, ehe du ihnen
Vertrauen schenkst.“

George Washington, * 1732, † 1799,
1. Präsident der Vereinigten Staaten
von Amerika

~~~

74 Darwins Pro und Contra fürs Heiraten

Der britische Naturforscher Charles Darwin soll zu Lebzeiten eine Liste erarbeitet haben, auf der er die Pros und Contras zum Heiraten notiert hat. Er machte dazu zwei Spalten, in denen er die Gründe notierte.

Unter der Überschrift „Heiraten" stand:

- o   ständige Gesellschaft
- o   ein Freund im Alter
- o   auf jeden Fall besser als ein Hund

Unter „nicht heiraten" stand unter anderem:

- o   weniger Geld für Bücher
- o   schreckliche Zeitvergeudung

Charles Darwin heiratete 1839 seine Cousine Emma Wedgwood.

~~~

„Darin besteht die Liebe:
Dass sich zwei Einsame
beschützen und berühren und
miteinander reden. "

*Rainer Maria Rilke, * 1875, † 1926,*
deutsch-österreichischer Dichter

~~~

75 Papst Pius XII. und Albert Einstein

In einem Gespräch in Berlin soll Einstein zum späteren Papst Pius XII. gesagt haben: „Ich achte die Religion, aber ich glaube an die Mathematik. Bei Ihnen, Eminenz, wird es umgekehrt sein."

Papst Pius XII.: „Sie irren. Mathematik und Religion sind für mich nur verschiedene Ausdrucksformen derselben göttlichen Exaktheit."

Einstein: „Aber wenn die mathematische Forschung nun eines Tages ergäbe, dass gewisse Erkenntnisse der Wissenschaft denen der Religion widersprechen?"

Papst Pius XII.: „Ich schätze die Mathematik so hoch, dass Sie, Herr Professor, in solchem Fall nie aufhören sollten, nach dem Rechenfehler zu suchen."

~~~

„Toleranz ist vor allem die Erkenntnis, dass es keinen Sinn hat, sich aufzuregen.

Ambrose Bierce, * 1842, † 1914, US-amerikanischer Journalist und Satiriker

~~~

76 Voltaire und der eloquente Besucher

Eines Tages wollte ein Fremder den französischen Dichter und Philosophen Voltaire sprechen. Dieser rief seinem Diener zu: „Von so vielen nach Paris kommenden Fremden als Schaustück betrachtet zu werden! Sage, ich sei nicht zu Hause."

Dieser gehorchte. Aber der Fremde antwortete: „Ich hörte ja soeben Euren Herrn sprechen!"

Der Diener berichtete dies Voltaire, der sagte: „Nun, so sage, ich sei krank."

„Gut", sagte der Fremde zum Diener, „ich bin Arzt und will ihm den Puls fühlen."

Wieder meldete dies der Diener. „Zum Henker, sage, ich sei gestorben!", schrie Voltaire.

Der Besucher sagte kalt: „Wohl, so will ich ihn zu Grabe begleiten; er ist nicht der erste."

„Seht doch den Starrkopf!", rief Voltaire, „er mag eintreten!"

Der Fremde trat ein und Voltaire sagte voll Verdruss: „Sie halten mich wohl für ein fremdes Tier? Aber es kostet 12 Sous, mich zu sehen."

„Hier sind 24", sagte der Fremde, „denn ich komme morgen noch einmal."

~~~

„Die Torheit begleitet uns in allen Lebensperioden. Wenn einer wei- se scheint, liegt es daran, dass seine Torheiten seinem Alter und seinen Kräften angemessen sind."

François de La Rochefoucauld, * 1613, † 1680, französischer Offizier, Diplomat und Schriftsteller

~~~

77 Rossini und die Tischdame

Der italienische Komponist Gioacchino Rossini musste oft laienhafte musikalische Darbietungen über sich ergehen lassen. Eines Tages war er zu einem Festessen in einem Pariser Salon eingeladen. An seinem Tisch saß diesmal eine Dame, von der jeder wusste, dass sie nicht besonders gut sang. Trotzdem wurde sie gebeten, etwas vorzutragen.

Erst zierte sich die Dame. Kündigte dann aber eine Arie von Rossini an. Dabei flüsterte sie dem Komponisten zu: „Ich habe ja solche Angst!"

Rossini erwiderte trocken: „Und ich erst!"

~~~

„*Das Glück, kein Reiter wirds er-
jagen, es ist nicht dort und ist
nicht hier. Lern überwinden, lern
entsagen, und ungeahnt erblüht
es Dir.*"

*Theodor Fontane, * 1819, † 1889,
deutscher Schriftsteller, Journalist und Kritiker*

~~~

78 Das Salisbury-Steak

Der amerikanische Arzt Dr. James H. Salisbury stellte Ende des 18. Jahrhunderts ein Mittel gegen Asthma vor. Der Kranke solle täglich drei durchgekochte Rindfleischpasteten mit viel heißem Wasser essen. Der Erfolg gegen Asthma stellte sich leider nie bei den Probanden ein.

Dennoch war das Mittel kein völliger Fehlschlag. Bis heute wird es gern als Salisbury-Steak gegessen. Das kohlenhydratarme Steak wird in der Regel mit Kartoffelpüree und Maiskörnern serviert. Na dann, guten Appetit!

~~~

„Es gibt Kamele mit einem Höcker, und es gibt welche mit zwei Höckern, die größten Kamele aber haben keinen."

Arthur Schopenhauer, * 1788, † 1860, deutscher Philosoph

~~~

79 Honoré de Balzac und der Einbrecher

Der französische Schriftsteller Honoré de Balzac wurde eines Nachts durch einen Einbrecher geweckt, der sich bemühte, seinen Schreibtisch zu öffnen und lachte laut auf.

Der verdatterte Einbrecher fragte: „Warum lachen Sie?"

Balzac antwortete: „Weil Sie bei Nacht, mit falschem Schlüssel und unter Gefahr Geld dort suchen, wo ich bei Tag mit dem richtigen Schlüssel und ganz gefahrlos keines finde!"

~~~

„In der Ehe muss man einen
unaufhörlichen Kampf gegen ein
Ungeheuer führen, das alles
verschlingt: die Gewohnheit."

Honoré de Balzac, * 1799, † 1850,
französischer Schriftsteller

~~~

80 Lincoln und die schmutzige Hand

Der US-Präsident Abraham Lincoln stammte aus sehr einfachen Verhältnissen. Als er noch die Volksschule Hodgenville besuchte, wollte der Lehrer eines Morgens die Reinlichkeit der Schüler prüfen und ließ sich die Hände vorzeigen. Lincoln wischte rasch die rechte Hand an der Hose ab und zeigte sie zaghaft vor.

Der Lehrer war empört: „Du bist ein Schmutzfink und hast zehn Stockschläge auf die Finger verdient. Doch ich will dir die Strafe erlassen, wenn du mir eine Hand hier in der Klasse zeigen kannst, die noch schmutziger ist als diese!"

Lincoln streckte die linke Hand aus, die noch schmutziger war, und der lachende Lehrer erließ ihm die Strafe.

~~~

„Besser schweigen und als Narr scheinen, als sprechen und jeden Zweifel beseitigen.“

Abraham Lincoln, * 1809, † 1865, 16. Präsident der Vereinigten Staaten von Amerika

~~~

81 Oscar Wilde und der Studentenclub

Nachdem Oscar Wilde ein Stipendium gewonnen hatte, konnte er in Oxford studieren. Dort bewarb er sich für einen Studentenclub und musste als Aufnahmeprüfung eine Passage aus der Passionsgeschichte aus dem Griechischen übersetzen.

Problemlos übersetzte Wilde und überzeugte die Prüfer sofort. Obwohl diese zufrieden andeuteten, dass es genug sei, erklärte Wilde, dass er noch das Ende wissen wollte, und übersetzte weiter.

~ ~ ~

„Komplimente sind wie Parfüm. Sie dürfen duften, aber nie aufdringlich werden."

*Oscar Wilde, * 1854, † 1900, irischer Schriftsteller*

~ ~ ~

82 Shaws Einladung

George Bernard Shaw schrieb dem britischen Staatsmann Sir Winston Churchill, der gerade von seinem Amt zurücktreten musste: „Sehr geehrter Herr Prime Minister, am nächsten Samstag wird mein neues Stück uraufgeführt. Dazu möchte ich Sie herzlich einladen. Beiliegend zwei Karten. Eine für Sie, die andere für einen Freund – falls Sie einen haben."

Winston Churchill antwortete: „Sehr geehrter Mr. Shaw, haben Sie Dank für Ihre Einladung. Ich würde allerdings lieber zur Zweitaufführung kommen – falls Sie eine erleben."

~~~

„Ein bisschen Freundschaft
ist mir mehr wert als die
Bewunderung der ganzen Welt."

*Otto von Bismark, * 1815, † 1898,*
deutscher Politiker und Staatsmann

83 Alfred Polgar und der Schmutzfink

Der österreichische Schriftsteller Alfred Polgar war wohl der bekannteste Autor der Wiener Moderne. Von ihm wird Folgendes berichtet.

Eines Tages bekam Herr Polgar ein geliehenes Buch mit etlichen Fettflecken zurück. Er war darüber so verärgert, dass er dem Schmutzfinken ein Päckchen zusandte.

Der Inhalt war eine Ölsardine nebst der Anmerkung von Polgar: „Ich bestätige den Empfang des Buches und erlaube mir, Ihnen Ihr wertes Lesezeichen zurückzusenden."

~~~

„Der Wein wandelte den
Maulwurf zum Adler."

*Charles-Pierre Baudelaire, * 1821, † 1867,*
französischer Schriftsteller und Lyriker

~~~

84 Shaw und Chesterton

Der englische Schriftsteller und Journalist Gilbert Keith Chesterton war eine imposante Persönlichkeit von stattlicher Größe. Er maß 1,93 m und sein Gewicht betrug mehr als 134 kg.

Sein guter Freund, der irische Dramatiker und Schriftsteller George Bernard Shaw, war hingegen eher klein und schmächtig. So werden zahlreiche Anekdoten von den beiden erzählt, die auf ihre unterschiedliche Körperfülle abzielen.

Chesterton soll zum Beispiel zu Shaw gesagt haben: „Wenn man dich sieht, glaubt jeder, dass in England eine Hungersnot herrscht."

Worauf Shaw antwortete: „Und wenn man dich sieht, glaubt jeder, dass du sie verursacht hast."

~~~

„Das Argument gleicht dem Schuss einer Armbrust – es ist gleichermaßen wirksam, ob ein Riese oder ein Zwerg geschossen hat."

*Francis Bacon, * 1561, † 1626, englischer Philosoph, Jurist, Staatsmann*

~~~

85 Voltaire im Hyde Park

Der große französische Philosoph Voltaire musste bei seinem Aufenthalt 1727 in England feststellen, dass die Stimmung extrem gegen die Franzosen war. Im Hyde Park wurde er von einer Menschenmenge bedroht. Die Aufgebrachten brüllten: „Hängt den Kerl! Er ist Franzose!"

Darauf rief Voltaire der wütenden Menge zu: „Engländer! Weil ich Franzose bin, wollt ihr mich umbringen? Bin ich denn, weiß Gott, nicht gestraft genug, kein Engländer zu sein?"

Die Menge brach in Beifallsstürme aus und geleitete ihn feierlich nach Hause.

~~~

„Keine Literatur kann in puncto Zynismus das wirkliche Leben übertreffen.“

Anton Pawlowitsch Tschechow, * 1860, † 1902, russischer Schriftsteller, Novellist und Dramatiker

~~~

86 Franz Liszt und die Zuckerzange

Liszt war in einem besonders vornehmen Hause zum Tee geladen. Der Zucker wurde herumgereicht. Der alte Herr kam jedoch nicht mit der neumodischen Zuckerzange zurecht und nahm sich ein Stück mit den Fingern aus der Dose.

Die Gastgeberin gab dem Diener einen Wink, eine neue Zuckerdose zu bringen. Liszt übersah diese Taktlosigkeit und unterhielt sich angeregt weiter.

Als er aber seinen Tee ausgetrunken hatte, nahm er die kostbare Tasse und warf sie wortlos aus dem Fenster hinaus.

~~~

„Gott hat Humor. Sonst hätte er nicht den Menschen erschaffen.“

*Gilbert Keith Chesterton, * 1874, † 1936, englischer Kriminalautor, Erzähler und Essayist*

~~~

87 Twains Melodie

Mark Twain war für seine Flüche berüchtigt. Immer wieder missfielen diese seiner Frau Olivia.

So auch eines Tages, als er sich beim Rasieren schnitt. Seine Fluchtirade war an diesem Tag besonders laut und heftig.

Als Twain fertig war, wiederholte Olivia Wort für Wort, aber in einer sanftmütigen Art.

Twain starrte sie entgeistert an und sagte kopfschüttelnd: „Die Worte hast du wohl, meine Liebste, aber es fehlt die richtige Melodie."

~~~

„Lachen und Lächeln
sind Tor und Pforte, durch die
viel Gutes in den Menschen
hinein huschen kann.“

Christian Morgenstern, * 1871, † 1914,
deutscher Dichter und Schriftsteller

~~~

88 Oscar Wilde und die Tapete

Der irische Schriftsteller Oscar Wilde hatte wahrlich kein leichtes Leben. Als er zu zwei Jahren Zuchthaus mit harter Zwangsarbeit verurteilt wurde, ruinierte das seine Gesundheit vollends.

Nach seiner Entlassung lebte er verarmt in Paris, wo er im Alter von 46 Jahren auf dem Sterbebett trotz allem seinen Humor nicht verlor. Er starrte auf die besonders hässliche Tapete an der Wand und sagte: „Du oder ich. Einer von uns beiden sollte endlich gehen."

~~~

„Der Tod lächelt uns alle an.
Das Einzige, was man machen
kann, ist zurückzulächeln."

Mark Aurel,
* 121 n. Chr., † 180 n. Chr.,
römischer Kaiser und Philosoph

~~~

89 Der Vorteil von Wilhelm Steinitz

Der erste allgemein anerkannte Schachweltmeister war der österreichisch-amerikanische Schachmeister Wilhelm Steinitz. Eines Tages wurde er bei einem Schachwettbewerb gefragt, wie er denn seine Chance einschätze, das Turnier zu gewinnen.

Wilhelm Steinnitz antwortete: „Ich habe sehr gute Chancen erster zu werden, denn jeder muss gegen Steinitz spielen, nur ich nicht!"

~~~

*„Es ist mir völlig gleichgültig,
wohin das Wasser fließt,
solange es nicht in den
Wein läuft.“*

Gilbert Keith Chesterton, * 1874, † 1936,
englischer Kriminalautor, Erzähler und Essayist

~~~

90 Spott vom Alten Fritz

Friedrich der Große, auch der „Alte Fritz" genannt, war ein humorvoller König. Auch Spott liebte er, wobei er sich selbst nicht verschonte.

Eines Tages sagte er zu D' Alembert, einem der bedeutendsten Mathematiker und Physiker des 18. Jahrhunderts: „Die Leute sagen, dass wir Könige auf der Erde das Ebenbild Gottes seien. Daraufhin habe ich mich im Spiegel betrachtet und muss gestehen, man sagt da nichts Schmeichelhaftes über den lieben Gott."

~~~

„Mit den Kindern muss man zart und freundlich verkehren. Das Familienleben ist das beste Band. Kinder sind unsere besten Richter."

*Otto von Bismark, * 1815, † 1898, deutscher Politiker und Staatsmann*

~~~

91 Puccinis Panettone

Giacomo Antonio Domenico Michele Secondo Maria Puccini oder kurz Giacomo Puccini war ein italienischer Komponist. Von ihm wird berichtet, dass er immer kurz vor Weihnachten seinen Freunden und guten Bekannten die Mailänder Kuchenspezialität Panettone zuschickte.

So kam es, dass er sich eines Tages mit dem italienischen Dirigenten Arturo Toscanini verkrachte, ihm aber versehentlich einen Kuchen zukommen ließ.

Puccini schickte umgehend ein Telegramm hinterher, in dem er schrieb: „Panettone aus Versehen geschickt."

Toscaninis schnelle Antwort per Telegramm lautete: „Panettone aus Versehen gegessen."

~~~

„Kunst kommt von Können. Käme es von Wollen, so hieße es Wulst."

Friedrich Wilhelm Nietzsche, * 1844, † 1900, deutscher Philosoph

~~~

92 Bertolt Brechts Trick mit den Schulaufsätzen

Über den einflussreichen deutschen Dramatiker und Lyriker Bertolt Brecht erzählt man, dass er in seinen Schulaufsätzen gerne Goethe Zitate nutzte. So konnte er mit den Zitaten seine Ansichten unterstützen.

Sein Lehrer erkannte jedoch nicht, dass Brecht diese Zitate frei erfand. Er wusste, dass kein Lehrer sicher sein konnte, alle Zitate von Goethe zu kennen. Wer wollte sich schon blamieren und ein Goethe Zitat nicht kennen?

~~~

„Zwischen Hochmut und Demut steht ein Drittes, dem das Leben gehört, und das ist ganz einfach der Mut."

Theodor Fontane, * 1819, † 1898, deutscher Schriftsteller, Journalist und Erzähler

~~~

93 Der junge Gauß und die Rechenaufgabe

Carl Friedrich Gauß' mathematisches Talent war nicht immer für jeden von Vorteil. So zum Beispiel einem seiner Lehrer, der sich im Unterricht eine kleine Auszeit verschaffen wollte. Er gab seinen Schülern die Aufgabe, die Zahlen von eins bis hundert aufzuaddieren, und machte es sich bequem, während die Schüler rechneten.

Doch er hatte nicht mit dem jungen Gauß gerechnet. Dieser legte ihm bereits nach 5 Minuten die korrekte Lösung hin – nämlich: 5050.

Sein Trick: $(1 + 100) + (2 + 99) + \ldots = (50 \times 101) = 5050$

~ ~ ~

„Jeder spinnt auf seine Weise –
der eine laut, der andere leise.“

Joachim Ringelnatz, *1883, † 1934,
deutscher Schriftsteller, Kabarettist und Maler

~ ~ ~

94 Luthers wuchtiger Wurf

Als Martin Luther in seiner Stube auf der Wartburg vertieft beim Übersetzen der Heiligen Schrift ins Deutsche war, hörte er ein Kratzen und Schaben.

Darauf soll er erzürnt und wuchtig das Tintenfass nach der Teufelsfratze geworfen haben, um diese zu verscheuchen.

Wo früher der blaue Tintenfleck an der Wand zu sehen war, sieht man heute nur noch ein Loch.

~~~

„Gib jedem Tag die Chance, der schönste deines Lebens zu werden."

Mark Twain, * 1835, † 1910, amerikanischer Schriftsteller

~~~

Was wiegt dein Leben?: Geschichten, die unser Leben bereichern von Michael Behn und Peter Bödeker

Die 52 Geschichten in diesem Buch sind die beliebtesten der Leserinnen und Leser beim Online-Portal blueprints.de, dem Herausgeber der Guten Morgen Gazette. Die Geschichten in diesem Buch handeln von Menschen und Tieren auf ihren persönlichen Lebenswegen mit all den möglichen Problemen, Gefahren, Geheimnissen und Erlebnissen. Sie stammen von Erzählern aus aller Welt und aus unterschiedlichen Zeiten.

Leserstimme

Leben wagen - leichter wiegen
Eine sehr schöne edle Zusammenfassung der Werte des Lebens. Das besondere daran sind die passenden "Weisheiten" zwischen den wunderschönen Geschichten. Sollte jemand den Sinn der gelesenen Geschichte nicht verstanden haben, nur eine Seite weiter gibt es Lebensweisheit erklärend dazu. Das Buch liest sich leicht und flüssig. Aber Achtung! Hohe Achtsamkeit, Ruhe und Werte ins eigene Leben integrieren wollen sind Voraussetzung! Dann zaubert das Buch Leichtigkeit und ein Lächeln in dein Leben. Sehr schön auch die angepasste und fehlerlose Sprache. Für mich ist dieses Buch eine große Freude und Bereicherung, geballter blueprints-Wissensschatz seit bald 20 Jahren.

Die Guten-Morgen-Gazette von blueprints.de

GUTEN MORGEN GAZETTE

blue
prints   Lesevergnügen und Inspiration

Lesevergnügen und Inspiration – gratis per E-Mail seit dem Jahr 2000.

Regelmäßig Artikel, Fabeln, Geschichten, Techniken, Übungsaufgaben und Knobeleien …

- o für inspirierende Unterhaltung am Wochenende
- o für ein stärkeres Selbstbewusstsein
- o für ein selbstbestimmtes, gesundes Leben
- o für mehr Kraft und Ausgeglichenheit
- o für Wissenserweiterung und Wortschatz
- o für bessere Selbstorganisation

Leserstimme

Im täglichen Einerlei ist man meist so auf sein Umfeld fixiert, dass man Gefahr läuft, seinen eigenen Geist zu vergessen. blueprints erinnert mich dreimal in der Woche daran, über den Teller hinaus zu schauen und zu wachsen.

Gratis abonnieren auf blueprints.de